INSTITUT DE FRANCE.

ACADÉMIE DES BEAUX-ARTS

SÉANCE PUBLIQUE ANNUELLE

DU SAMEDI 19 OCTOBRE 1878

PRÉSIDÉE PAR M. HÉBERT.

PARIS

TYPOGRAPHIE DE FIRMIN-DIDOT ET Cⁱᵉ

IMPRIMEURS DE L'INSTITUT DE FRANCE, RUE JACOB, 56

M DCCC LXXVIII

ACADÉMIE DES BEAUX-ARTS

SÉANCE PUBLIQUE ANNUELLE

DU SAMEDI 19 OCTOBRE 1878

PRÉSIDÉE PAR M. HÉBERT.

PROGRAMME DE LA SÉANCE.

1° Exécution de la scène lyrique qui a remporté le second premier grand prix de composition musicale et dont l'auteur est M. ROUSSEAU (Samuel-Alexandre), né à Neuve-Maison (Aisne) le 11 juin 1853, élève de M. François Bazin.

2° Discours de M. le PRÉSIDENT et proclamation des prix décernés en vertu de diverses fondations;

3° Distribution des grands prix de peinture, de sculpture, d'architecture, de gravure et de composition musicale ;

4° *Notice sur la vie et les ouvrages de M. Henri Labrouste,* membre de l'Académie, par M. le vicomte Henri Delaborde, secrétaire perpétuel ;

5° Exécution de la scène lyrique qui a remporté le premier grand prix de composition musicale, et dont l'auteur est M. Broutin (Clément-Jules), né à Orchies (Nord) le 4 mai 1851, élève de M. Victor Massé.

DISCOURS

DE M. HÉBERT

PRÉSIDENT DE L'ACADÉMIE DES BEAUX-ARTS

Lu dans la séance publique annuelle du 19 octobre 1878.

Messieurs,

J'ouvre cette séance, véritable fête de la jeunesse, en rappelant à vos souvenirs attendris qu'elle devait être présidée par notre cher et regretté confrère François Bazin, mort le 2 juillet de cette année. Avant de distribuer les couronnes et de proclamer les noms des vainqueurs, permettez à celui qui le remplace de rendre un juste hommage à sa mémoire, en ce moment où les regrets que vous a causés sa perte sont encore ravivés par le sentiment de la joie qu'il aurait eue à applaudir l'œuvre de son élève et à le couronner.

François Bazin était un musicien éminent et un professeur du plus haut mérite ; vous en aviez jugé ainsi, puisque, par vos suffrages, il fut appelé à l'honneur de siéger parmi vous ; mais il fut aussi l'honnête homme, simple dans sa vie, austère dans sa conscience, qui vécut et mourut fort du devoir accompli.

L'année dernière, nous le crûmes perdu ; la mort l'avait couvert un instant de son ombre ; mais bientôt, soutenu par l'indomptable énergie de sa volonté, il revint à la vie, chancelant, gravement atteint, mais debout et plus ferme que jamais dans l'observance des lois que sa conscience lui avait dictées.

Le 3o juin, jour de la grande fête nationale, il était aux Tuileries à la tête de l'Orphéon. Là, devant le peuple assemblé, l'auteur modeste de tant d'œuvres charmantes eut sa dernière joie ! Son *Hymne à la France* fut acclamé et redemandé à grands cris par cette foule dont les flots émus semblaient se soulever pour mieux entendre, depuis l'estrade jusqu'aux profondeurs de l'horizon !

Noble satisfaction de l'artiste, heure bienheureuse qui le récompense et le console de toute une vie de sacrifices !

Bazin resta impassible devant l'ovation populaire, il salua la foule avec la dignité calme du maître que rien ne peut troubler sur son piédestal ; mais, le lendemain, le cœur encore plein des émotions de la veille, il tombait pour ne plus se relever.

L'Académie a perdu en lui un de ses membres les plus dévoués, et les jeunes musiciens le professeur des hautes études qui a vu sortir de sa classe seize grands prix de Rome. Nous, Messieurs, nous perdons en lui le compagnon des jeunes années, une de ces amitiés du printemps de la vie qu'on ne recommence plus quand les frimas sont venus.

Après ces regrets donnés à celui dont j'ai dû prendre la place avant l'heure, laissons le passé et ses mélancolies ! Saluons les espérances de l'avenir dans cette jeunesse que nous allons couronner et que nos vœux accompagnent !

Messieurs les pensionnaires de l'Académie de France, recevez nos félicitations et nos adieux. La fortune vous a accordé une de ses faveurs les plus précieuses, celle d'avoir conquis le prix de Rome par votre talent, et d'aller vivre quatre années dans le pays des grands souvenirs, à l'ombre des lauriers de la villa Médicis. Montrez-vous dignes d'une si haute récompense ; travaillez, soyez forts contre vous-mêmes, songez au retour ! Vous aurez des heures sombres sous le soleil éclatant, en présence des immortels chefs-d'œuvre des maîtres et des solennelles beautés de la nature dont vous serez entourés, mais réjouissez-vous ! Que votre cœur batte fièrement sous le poids de la solitude, car c'est dans ces heures douloureuses que les nobles ambitions descendront dans vos âmes retrempées, et vous donneront la force d'accomplir les grandes choses que le pays attend de vous !

GRANDS PRIX

DÉCERNÉS PAR L'ACADÉMIE DES BEAUX-ARTS.

————

PEINTURE.

Le sujet du concours donné par l'Académie était :

Auguste au tombeau d'Alexandre, à Alexandrie.

Le premier grand prix a été remporté par M. Schommer (François), né à Paris le 20 novembre 1850, élève de MM. Pils et Lehmann.

Le premier second grand prix a été remporté par M. Doucet (Henri-Lucien), né à Paris le 23 août 1856, élève de MM. Jules Lefebvre et Boulanger.

Le deuxième second grand prix a été remporté par M. Buland (Jean-Eugène), né à Paris le 26 octobre 1852, élève de M. Cabanel.

SCULPTURE.

Le sujet du concours donné par l'Académie était :

Caton au moment de se donner la mort.

Le premier grand prix a été remporté par M. Grasset (Edmond), né à Breuilly (Indre-et-Loire) le 26 juin 1852, élève de M. Dumont.

Le premier second grand prix a été remporté par M. Lefevre (Camille), né à Issy (Seine) le 31 décembre 1853, élève de M. Cavelier.

Une mention honorable a été accordée à M. Suchetet (Auguste), né à Vendeuvre (Aude) le 3 décembre 1854, élève de M. Cavelier.

ARCHITECTURE.

Le programme donné par l'Académie était :

Une cathédrale.

Le premier grand prix a été remporté par M. Laloux (Victor-Alexandre-Frédéric), né à Tours (Indre-et-Loire) le 15 novembre 1850, élève de M. André.

Le premier second grand prix a été remporté par
M. Dauphin (Louis-Marie-Théodore), né à Paris le 7 août
1849, élève de M. André.

Le deuxième second grand prix a été remporté par
M. Blavette (Victor-Auguste), né à Brun (Sarthe) le 4 octobre 1850, élève de M. Ginain.

GRAVURE EN TAILLE-DOUCE

Le premier grand prix a été remporté par M. Deblois
(Charles-Théodore), né à Fleurines (Oise) le 6 juin 1851,
élève de MM. Henriquel et Cabanel.

Le second grand prix a été remporté par M. Rabouille
(Edmond-Achille), né à Paris le 3 janvier 1851, élève de
MM. Henriquel et Lehmann.

Une mention honorable a été accordée à M. Viox
(Henri-Félix), né à Paris le 12 novembre 1853, élève de
MM. Henriquel et Gérôme.

GRAVURE EN MÉDAILLES ET EN PIERRES FINES.

Le sujet du concours donné par l'Académie était :

Caïn maudit entendant la voix de l'Éternel qui lui reproche le meurtre de son frère.

Le premier grand prix a été remporté par M. BOTTÉE (Louis-Alexandre), né à Paris le 14 mars 1852, élève de MM. Ponscarme, Dumont et Millet.

Le second grand prix a été remporté par M. DUBOIS (Henri), né à Rome le 21 août 1859, élève de MM. Chapu, Jouffroy et Millet.

COMPOSITION MUSICALE.

Le sujet du concours était une cantate à trois personnages, intitulée *la Fille de Jephté*.

Le premier grand prix a été remporté par M. BROUTIN (Clément-Jules), né à Orchies (Nord) le 4 mai 1851, élève de M. Victor Massé.

Le second premier grand prix a été remporté par

M. Rousseau (Samuel-Alexandre), né à Neuve-Maison (Aisne) le 11 juin 1853, élève de M. François Bazin.

Une mention honorable a été accordée à M. Hue (Georges-Adolphe), né à Versailles (Seine-et-Oise) le 6 mai 1858, élève de M. Reber.

PRIX FONDÉ PAR MADAME VEUVE LEPRINCE.

L'Académie, dans sa séance du 16 octobre 1847, a décidé que la fondation de Mme Leprince, consistant en une rente de *trois mille francs* à répartir, chaque année, entre les lauréats des grands prix de peinture, de sculpture, d'architecture et de gravure, serait rappelée tous les ans en séance publique. En conséquence, l'Académie déclare que M. Schommer, pour la peinture, M. Grasset, pour la sculpture, M. Laloux, pour l'architecture, et MM. Deblois et Bottée, pour la gravure, sont appelés, en 1878, à profiter de la généreuse donation de Mme Leprince.

PRIX DESCHAUMES.

Ce prix, d'une valeur de 1,500 francs, a été fondé en vue
d'encourager de jeunes architectes se distinguant par leur
aptitude pour leur art et par leurs bons sentiments à
l'égard de leur famille. L'Académie, cette année, décerne
le prix à M. Henri LECLERC, et elle offre en outre une médaille de *cinq cents francs* à l'auteur des paroles de la
cantate pour le grand prix de musique, M. GUINAND
(Édouard).

PRIX MAILLÉ-LATOUR-LANDRY.

Institué par feu M. le comte de Maillé-Latour-Landry
en faveur d'un artiste dont le talent déjà remarquable mérite d'être encouragé, ce prix, qui est biennal, sera décerné en 1879.

PRIX FONDÉ PAR M. BORDIN.

La fondation de M. Bordin a pour objet de récompenser,
à la suite de concours, des œuvres écrites traitant de l'art,
de la science ou de la littérature, ou même parfois des ouvrages ayant paru sur ces mêmes matières, en dehors des
conditions spéciales des concours.

L'Académie avait prorogé à l'année 1878 le concours sur le sujet suivant :

De l'influence sur l'art de l'Académie de France à Rome depuis sa fondation.

Un seul mémoire a été adressé à l'Académie.

L'Académie a jugé que ce travail ne satisfaisait pas aux conditions du programme et elle a prorogé pour la seconde fois ce concours, en modifiant le sujet ainsi qu'il suit :

Rechercher l'influence de l'Académie de France à Rome sur l'art français, depuis 1666 jusqu'à nos jours.

Les mémoires devront être déposés au secrétariat de l'Institut le 31 décembre 1879.

L'Académie avait proposé, pour l'année 1878, la question ci-après :

Rechercher les différences théoriques et pratiques qui existent entre le corps des ingénieurs et celui des architectes. Se rendre compte des avantages et des inconvénients de la division entre les deux professions, et déduire de cette étude ce qui devrait être fait dans l'intérêt de l'art, soit une division absolument marquée, soit au contraire une fusion complète.

Huit mémoires ont été adressés à l'Académie sur cette question. L'Académie décerne le prix à M. Davioud, architecte, et elle accorde en outre une mention honorable à chacun des mémoires inscrits sous les n°s 1, 5 et 4, dont les auteurs ne se sont pas fait connaître.

L'Académie rappelle qu'elle a proposé, pour l'année 1879, le sujet suivant :

Rechercher les procédés de fabrication des médailles employés dans l'antiquité par les Grecs et par les Romains. — Faire ressortir les différences qui peuvent exister entre ces procédés et les procédés usités aux diverses époques modernes.

Les mémoires devront être déposés au secrétariat de l'Institut le 31 décembre 1878.

L'Académie propose en outre, pour l'année 1880, le sujet suivant :

Histoire de la notation musicale depuis ses origines.

Les mémoires devront être déposés au secrétariat de l'Institut le 31 décembre 1879. Chacun de ces prix consiste en une médaille d'or de la valeur de *trois mille francs.*

Les manuscrits devront porter une épigraphe ou devise répétée dans un billet cacheté qui contiendra le nom de l'auteur. Les concurrents qui se feraient connaître seraient exclus du concours. L'Académie ne rendra aucun des manuscrits qui auront été soumis à son examen, mais les

auteurs pourront en faire prendre des copies au secrétariat de l'Institut.

Les étrangers pourront prendre part à ces concours,
pourvu que leurs mémoires soient écrits en langue fran-
çaise.

PRIX FONDÉS PAR M. LE BARON DE TRÉMONT.

M. le baron de Trémont a légué à l'Académie des beaux-
arts une inscription de *deux mille francs de rente,* pour la
fondation de prix d'encouragement à décerner à divers
artistes.

L'Académie décerne ces prix à MM. Courtois, peintre ;
Lefèvre, statuaire ; Deffès, compositeur de musique.

PRIX FONDÉ PAR M. GEORGES LAMBERT.

Ce prix est décerné chaque année, par l'Académie fran-
çaise et par l'Académie des beaux-arts, à des hommes de
lettres, à des artistes, ou à des veuves d'artistes ou
d'hommes de lettres, comme marque publique d'estime.

L'Académie partage ce prix entre Mmes veuves Caron
et Lanno, MM. Chambard, statuaire, et Vigier, peintre.

PRIX ACHILLE LECLERE.

Mlle Esther Leclère, au nom de son frère, feu M. Achille Leclère, membre de l'Académie, a fondé un prix de la valeur de *mille francs*, destiné à l'auteur du meilleur projet d'architecture sur un sujet mis au concours par l'Académie.

Le sujet du concours de 1878 était :

Une salle pour les séances du Sénat.

Seize projets ont été déposés.

L'Académie décerne le prix à l'auteur du projet n° 2, M. Maillart (Norbert), élève de M. Guadet.

Elle accorde, en outre, une mention honorable à l'auteur du projet n° 5, M. Esquié, élève de M. Daumet.

L'Académie rappelle que, conformément aux règlements, le programme de ce concours est publié chaque année, le 14 décembre.

PRIX FONDÉ PAR M. CHARTIER.

M. Chartier, voulant encourager la musique dite de chambre, a légué, à cet effet, une rente annuelle de *cinq cents francs,* en faveur d'un auteur qui se sera distingué dans ce genre de composition.

L'Académie décerne le prix à M. Lalo.

PRIX TROYON.

Mme Troyon, en souvenir de son fils, l'éminent paysagiste, a fondé un prix biennal à décerner par l'Académie à la suite d'un concours sur un sujet donné.

L'Académie propose, pour l'année 1879, le sujet suivant :

Un groupe de vieux chênes au bord de l'eau et au pied desquels un pâtre garde des chèvres. Fin de l'été.

Les concurrents devront être Français et âgés de moins de trente ans au 1er janvier de l'année 1879.

Les tableaux destinés au concours ne devront pas être signés. Ils devront : 1° être marqués d'un signe, d'un mot ou d'une devise, reproduits sur l'enveloppe d'un pli cacheté qui contiendra le nom, l'adresse et l'extrait de l'acte de naissance du concurrent ; 2° être encadrés d'une plate bande dorée (mat) de la largeur de 5 centimètres.

Ils seront reçus au Secrétariat de l'Institut jusqu'au 15 septembre 1879, à quatre heures.

Les dimensions de la toile seront : largeur, 1^m, 50 ; hauteur, 0^m, 90.

Une exposition publique des tableaux aura lieu pendant les trois jours qui précéderont le jour du jugement et pendant les vingt-quatre heures qui le suivront.

PRIX FONDÉ PAR M. DUC.

M. Duc, membre de l'Académie des beaux-arts, a fondé un prix biennal destiné à encourager les *hautes études architectoniques*.

PROGRAMME.

« A tous les âges, l'architecture a été la grande écriture de l'histoire, et celle de notre pays a fidèlement exprimé notre civilisation et nos mœurs depuis la domination romaine jusqu'au siècle de Louis XIV inclusivement.

« Depuis cette époque, les signes et les formes qui constituent les éléments de cette écriture n'ont pas suivi une marche régulière dans leurs transformations successives. L'esprit de l'art est devenu éclectique au lieu d'être organique, et il subit trop souvent l'influence du goût et des études historiques qui sont en faveur dans notre société. Par ce fait, le style de notre architecture n'a plus l'unité nationale qui caractérisait les époques passées, et il est menacé d'occuper un rang inférieur dans l'histoire de notre art.

« Il a donc semblé utile au fondateur de déterminer autant que possible, par des études spéciales et sous le patronage de l'Académie, le style et la forme des éléments de notre architecture moderne.

« Le but de ce concours n'est pas le renouvellement de ces exercices d'où naissent tous les jours à l'École des beaux-arts d'ingénieuses et brillantes compositions basées sur des programmes souvent complexes.

« Les concurrents, libres dans le choix de leur composition, peuvent présenter les sujets les plus simples : ce qui leur est particulièrement demandé, c'est qu'en faisant une juste application de l'architecture à nos mœurs et à nos usages, ils recherchent la beauté, riche ou simple, des éléments architectoniques ; c'est qu'ils présentent un résultat d'études qui rappelle les qualités diverses qui, aux belles époques de l'art, ont conquis l'admiration universelle.

« Afin de bien accentuer la forme, les profils et l'ornementation qui doivent déterminer le style et le caractère de l'architecture, les concurrents développeront par des détails, au dixième au moins, les parties de leur composition qu'ils jugeront les plus favorables à cette expression.

« Le plan ou les plans seront à une échelle libre.

« Les élévations et les coupes seront à une échelle de $0^m,02$ pour mètre.

« Le concours, qui est biennal et dont le prix est de 4,000 francs, sera jugé par l'Académie des beaux-arts après une exposition publique.

« Il est ouvert à tous les Français qui justifieront de leur nationalité. Les études couronnées resteront la propriété de l'Académie. »

Nota. — Seront admises pour prendre part au concours les études présentées dans les conditions ci-dessus prescrites et faites d'après un monument, dont l'exécution, par le concurrent, ne remonterait pas à plus de deux années au-delà du terme fixé pour la remise des ouvrages.

Les projets devront être adressés au secrétariat de l'Institut, avant le 1er avril de l'année du concours.

L'Académie, pour l'année 1878, décerne le prix à M. Boitte, auteur, pour la partie architecturale, du tombeau du général Lamoricière.

PRIX JEAN LECLAIRE.

M. Jean LECLAIRE, par testament en date du 20 avril 1872, a légué à l'Académie une somme suffisante pour fonder, en faveur des élèves architectes de l'École des beaux-arts, un prix annuel de *mille francs* ou deux prix de *cinq cents francs,* suivant les conditions et les formes que l'Académie jugera à propos d'adopter.

L'Académie a décidé que deux prix de *cinq cents francs* chacun seraient décernés tous les ans :

1° *A l'élève de 1re classe de l'École qui, dans l'année scolaire, aura obtenu le plus grand nombre de valeurs ;*

2° *A celui des élèves de l'École des beaux-arts qui, passant de la deuxième classe dans la première, aura mis le moins de temps à remplir toutes les conditions imposées à cet effet par les règlements.*

En cas d'égalité de temps, le prix serait attribué à l'élève qui aurait obtenu le plus grand nombre de valeurs dans l'ordre suivant :

      1° *Sur projets rendus d'architecture ;*

      2° *Sur esquisses d'architecture ;*

      3° *Sur concours de construction.*

Les élèves qui sont appelés à jouir cette année des bénéfices du prix Jean LECLAIRE sont :

MM. REY, élève de MM. Vaudremer et André, et DAUS, élève de M. André.

LEGS CHAUDESAIGUES.

Mme veuve Chaudesaigues, par testament en date du 31 décembre 1868, a légué à l'Académie des beaux-arts une rente annuelle de *deux mille francs* en faveur d'un jeune architecte, auquel cette somme sera remise après concours, afin qu'il puisse séjourner, pendant deux ans, en Italie, et y terminer ses études.

L'Académie des beaux-arts, dans sa séance du 19 juin 1875, a déterminé, comme il suit, les conditions de ce concours :

Les concurrents devront être Français et n'avoir pas trente ans révolus.

Lors de sa présentation au concours, chaque candidat prendra l'engagement que stipule la testatrice, de consacrer, s'il remporte le prix, deux années consécutives à des études en Italie.

A la fin de la première année, le lauréat devra justifier, par la production de son portefeuille, de la nature de ses études. Ladite production, faite à l'Académie des beaux-arts, donnera lieu, en cas d'insuffisance ou d'un nombre trop restreint de notes, dessins, relevés ou croquis, à la suppression de la pension de seconde année.

Ce concours aura lieu de la façon suivante :

PREMIER CONCOURS D'ESSAI.

Tous les jeunes architectes qui auront, au préalable, pris l'engagement dont il est parlé plus haut, entreront en loges pour y faire, en douze heures, une esquisse sur un sujet qui sera donné par la section d'architecture de l'Académie des beaux-arts.

Les esquisses seront jugées par la section d'architecture le lendemain de ce premier concours.

Douze esquisses pourront être choisies.

DEUXIÈME CONCOURS.

Les douze concurrents admis entreront en loges un lundi matin pour en sortir le samedi soir suivant.

Leurs dessins rendus seront exposés avant et après le jugement qui sera rendu par l'Académie des beaux-arts dans la forme ordinairement suivie.

Le concurrent choisi devra partir pour l'Italie dans un délai de trois mois après la date du jugement.

Le concours d'essai est fixé au premier jeudi du mois de novembre. Si ce jour est un jour férié, le concours est renvoyé au jeudi suivant.

L'exposition aura lieu le lendemain vendredi, et le jugement sera rendu le samedi.

Les douze concurrents choisis, à la suite de ce concours

d'essai, entreront en loges, pour faire, d'après leurs esquisses, leurs dessins rendus, le lundi suivant à neuf
heures du matin : ils en sortiront le samedi soir de la
même semaine.

L'exposition des dessins rendus se fera le lundi de la
semaine suivante ; le jugement aura lieu le lendemain mardi ;
l'exposition ouvrira de nouveau le mercredi.

Le concours Chaudesaigues aura lieu tous les deux ans
et commencera le premier jeudi du mois de novembre.

L'Académie, dans sa séance du 8 novembre 1877, a décerné le prix Chaudesaigues à M. JOUVE (Bruno), né à Saint-
Étienne, le 20 décembre 1851, élève de M. André.

PRIX ALHUMBERT.

Ce prix, de la valeur de *six cents francs,* sera délivré
chaque année, à titre d'encouragement, soit au pensionnaire
graveur en médailles, soit au pensionnaire graveur en taille-
douce, au moment de son retour de Rome. Ce pensionnaire
graveur ne pourra avoir cette récompense qu'autant qu'il
aura rempli ses obligations réglementaires.

A défaut d'un graveur, le prix sera donné à un musicien
ou à tout autre lauréat aux mêmes conditions.

LEGS DE CAEN.

Par testament en date du 17 septembre 1859, Mme la comtesse de Caen a pris les dispositions suivantes :

« Les artistes peintres, sculpteurs ou architectes en-
« voyés par le gouvernement à Rome, auront chacun,
« après leur temps fini, pendant trois ans, une rente de
« quatre mille francs ; les architectes, qui ont moins de
« frais pour leurs travaux, n'auront que trois mille francs.
« Si un jeune peintre ou sculpteur fait une grande œuvre,
« le comité nommé par l'Institut des beaux-arts pourra lui
« accorder une somme de cinq mille francs, mais pas plus.

« La plupart des jeunes gens, à l'expiration de leurs
« trois années à Rome, ont une commande du gouverne-
« ment, mais on leur donne le sujet, ils sont obligés de s'y
« conformer ; c'est ce que je veux éviter, car c'est entraver
« le génie. Dans aucun cas les sujets ne seront donnés ;
« chacun fera ce qu'il sentira le mieux, c'est la seule ma-
« nière d'avoir de véritables artistes, car si le sujet ne
« convient pas à un artiste, même de talent, il ne fera ja-
« mais ce qu'il serait capable d'exécuter. Il est même im-
« possible qu'un homme de génie puisse s'y conformer. On
« parle du feu sacré, mais c'est le moyen de l'anéantir.

« Les artistes auxquels on donnera ces rentes seront
« obligés, pendant leur durée, d'exposer au Salon une fois ;
« leurs ouvrages leur appartiendront, mais ils seront obli-

« gés d'en faire un dans l'espace de trois ans, pour le
« musée que je fonde, si mieux ils n'aiment décorer une
« partie de ce musée. Les sculpteurs feront un ouvrage
« aussi, ainsi que les architectes. Si Dieu me laisse assez
« sur cette terre, je commencerai cette œuvre, mais j'y
« tiens essentiellement, et je prie le gouvernement de vou-
« loir bien en faciliter l'exécution.

« Je ne donne que quatre mille francs et trois mille
« francs à chaque artiste, parce que c'est suffisant pour
« être au-dessus du besoin. Si des jeunes gens, ayant bien
« fait en loge pour concourir au prix de Rome, mais qu'ils
« n'eussent pas été admis, on leur donnerait, pendant trois
« ans, un secours de deux à cinq mille francs, répartis par
« trois mois en trois mois. »

PRIX MONBINNE.

Par acte en date du 19 juillet 1876, MM. Eugène Le-
comte et Léon Delaville-Le-Roulx, en souvenir de M. Théo-
dore-Nicolas-Marie Monbinne, décédé le 21 mars 1875,
ont fait don à l'Académie des beaux-arts d'une inscription
de quinze cents francs de rente à l'effet de fonder un prix
biennal qui portera le nom de *Prix Monbinne,* et qui sera
décerné à l'auteur de la musique d'un opéra-comique en
un ou plusieurs actes que l'Académie aura jugé le plus
digne de cette récompense, soit parmi les opéras-comiques
qui auront été représentés pour la première fois dans le

cours des deux dernières années écoulées avant le jour
où le jugement sera rendu, soit parmi ceux qui auront
été, dans les quatre dernières années, soumis à l'examen
de l'Académie à titre d'envois de Rome.

A défaut d'un opéra-comique remarquable, le choix de
l'Académie pourra se porter sur une œuvre symphonique
purement instrumentale, ou avec chant, et de préférence
sur une composition religieuse.

Aucune limite d'âge n'est fixée pour l'obtention du prix
Monbinne ; la qualité de Français est la seule exigée des
concurrents.

Dans le cas où l'Académie des beaux-arts jugerait que
l'auteur du livret d'opéra-comique ou des paroles écrites
pour les autres compositions sus-indiquées a concouru
dans une mesure notable au succès de l'œuvre, l'Académie
pourrait attribuer à cet auteur une part du prix ci-dessus,
qui ne serait pas inférieure au tiers s'il s'agit d'un opéra-
comique, et au quart s'il s'agit d'une des autres œuvres.

L'Académie décerne le prix à M. Guiraud, auteur de
l'opéra-comique intitulé : *Piccolino*.

FONDATION DUBOSC.

Par son testament olographe en date du 22 juillet 1859, M. Charles Dubosc a pris les dispositions suivantes :

« Ayant commencé à poser en mil huit cent quatre à
« l'âge de sept ans, et ayant continué à servir de modèle
« jusqu'à soixante-deux ans, j'ai donc passé ma vie avec
« les artistes les plus distingués, sous tous les rapports.
« Je veux qu'après mon décès, la petite fortune que j'ai
« gagnée avec eux soit consacrée à une fondation utile aux
« artistes. En conséquence, j'institue pour légataire uni-
« versel en toute propriété, l'Institut de France, Académie
« des Beaux-arts, pour disposer de ma succession de la
« manière suivante : il sera fait emploi, en rentes sur l'État,
« de tout ce qui composera ma succession, et les arréra-
« ges de cette rente seront chaque année distribués par
« égales portions aux jeunes peintres et aux jeunes sculp-
« teurs reçus en loges pour le grand prix de Rome. Cette
« somme leur sera remise au moment de l'admission en
« loges. »

Les volontés de M. Dubosc ont eu leur effet à partir de cette année.

PRIX DELANNOY.

M. Delannoy, par son testament olographe en date du 17 septembre 1867, a légué à l'Académie une rente annuelle da *mille francs*, afin que cette somme soit accordée, chaque année, sous le titre de *prix Delannoy*, à l'élève qui aura remporté le grand prix de Rome en architecture.

M. LALOUX a été appelé cette année à jouir du bénéfice du prix Delannoy.

FONDATION JARY.

L'Académie rappelle que M. JARY a établi, en 1841, une fondation en faveur du pensionnaire architecte qui, avant de quitter l'École de Rome, aura rempli toutes les obligations imposées par le règlement.

M. LAMBERT, ayant satisfait à ces conditions, a été appelé, cette année, à jouir du bénéfice du prix Jary.

PRIX ROSSINI.

L'Académie des Beaux-Arts, qui vient d'être mise en possession de la rente de 6,000 francs léguée par Rossini, et dont Mme Vve Rossini, décédée au commencement de l'année 1878, était usufruitière, a, conformément au vœu du testateur, pris la décision suivante :

« Un concours entre des artistes français est ouvert pour la production d'une œuvre poétique destinée à être mise en musique et dans les conditions indiquées par le testateur :

L'auteur de la composition de musique lyrique ou religieuse devra s'attacher principalement à la mélodie. L'auteur des paroles sur lesquelles devra s'appliquer la musique et y être parfaitement appropriée, devra observer les lois de la morale.

« Les manuscrits devront être déposés au secrétariat de l'Institut avant le 3o novembre 1878. Le jugement sera rendu le 31 décembre suivant. L'auteur de l'œuvre poétique jugée la meilleure et la plus conforme aux conditions du concours, recevra un prix représentant la moitié de la somme de 6,000 francs, soit 3,000 francs.

« A dater du 1er janvier 1879, un concours sera ouvert pour la musique à adapter à l'œuvre couronnée. Une copie de cette œuvre sera remise à tous les compositeurs qui en feront la demande. Ledit concours sera fermé le 3o septembre 1879. Le jugement sera rendu dans un délai de trois mois, et l'auteur de la partition couronnée recevra l'autre moitié de la somme léguée, soit 3,000 francs.

« L'œuvre qui aura obtenu le prix sera exécutée dans un délai de deux mois, à partir du jour du jugement ; l'exécution de cette œuvre aura lieu soit à l'Institut, soit au Conservatoire.

« Les concours ainsi alternés se suivront périodiquement dans les intervalles ci-dessus désignés. Il y en aura donc un tous les neuf mois et l'exécution de l'œuvre complète aura lieu tous les dix-huit mois.

« Les seules conditions imposées aux concurrents sont celles qu'a définies le testateur. Il est à désirer toutefois que les œuvres destinées à être mises en musique se rapprochent autant que possible, quant aux proportions, du programme adopté pour les prix de Rome. »

CONDITIONS COMMUNES A CES DEUX CONCOURS.

Les ouvrages *manuscrits* destinés à concourir devront être déposés ou adressés, *francs de port,* au secrétariat de l'Institut, avant le terme prescrit, et porter chacun une épigraphe, ou devise, qui sera répétée dans un billet cacheté joint à l'ouvrage, et contenant le nom et l'adresse de l'auteur, qui ne doit pas se faire connaître d'avance. Si quelque concurrent manquait à cette dernière condition, son ouvrage serait exclu du concours.

Les concurrents sont prévenus que l'Académie ne rendra aucun des manuscrits qui lui auront été adressés ; mais les auteurs auront la liberté d'en faire prendre des copies.

PRIX DE L'ÉCOLE DES BEAUX-ARTS.

FONDATIONS DE CAYLUS ET DE LATOUR.

L'Académie a arrêté, le 15 septembre 1821, que les noms des élèves de l'École des beaux-arts qui auront, dans l'année, remporté les prix fondés par le comte de CAYLUS (*tête d'expression*) et par le célèbre peintre au pastel de LATOUR (demi-figure peinte dite du *torse*), seraient proclamés à la suite des prix de l'Académie. MM. JAMIN, peintre, et SECHETET, sculpteur, ont obtenu le prix Caylus; M. DOUCET et M. MOREAU (de Tours) ont obtenu chacun une mention honorable dans le concours de la demi-figure peinte.

GRANDES MÉDAILLES D'ÉMULATION

Une grande médaille d'émulation est attribuée aux élèves de l'École des beaux-arts qui, dans chacune des sections de peinture, de sculpture, d'architecture et de gravure, auront compté dans le courant de l'année le plus grand nombre de succès. L'Académie s'est associée à cette pensée, et elle a décidé que les noms des élèves qui auraient obtenu ces médailles seraient proclamés en séance publique.

Ces jeunes artistes sont : pour la peinture, M. Doucet, élève de M. Jules Lefebvre ; pour la sculpture, M. Camille Lefèvre, élève de MM. Cavelier et Millet ; pour l'architecture, M. Ruy, élève de MM. Vaudremer et André.

PRIX ABEL BLOUET.

Ce prix, institué par Mme Ve Blouet en exécution des dernières volontés de son mari, Abel Blouet, architecte, membre de l'Institut et professeur de l'École des beaux-arts, est décerné, chaque année, à l'élève de la première classe d'architecture qui a obtenu le plus de succès depuis son entrée à l'École.

M. Chancel (Adrien), élève de M. Moyaux, a été appelé cette année à jouir des bénéfices de ce prix.

PRIX JAŸ.

Un prix a été fondé par M. JAŸ. qui a voulu, par son testament, laisser une nouvelle et perpétuelle marque d'intérêt à la jeunesse de l'École des beaux-arts dont, pendant plus de dix ans, il a été l'ami en même temps que le savant guide, comme professeur de stéréotomie.

Ce prix. attribué tous les ans à l'élève qui a remporté la première médaille de construction, a été obtenu, cette année, par M. RENAUD (Paul), élève de M. Coquart.

NOTICE

SUR LA VIE ET LES OUVRAGES

DE

M. HENRI LABROUSTE

PAR

M. LE V^{TE} HENRI DELABORDE

SECRÉTAIRE PERPÉTUEL DE L'ACADÉMIE

Lue dans la séance publique annuelle du 19 octobre 1878.

MESSIEURS,

Les révolutions dans la sphère de l'art ont cet avantage assez rare qu'elles laissent à chacun le temps de s'interroger, de se reconnaître, et la liberté de faire son choix. Tandis qu'ailleurs, bien souvent, les changements s'opèrent du jour au lendemain, ici rien ne s'établit que progressivement. Les réformes, au lieu de s'imposer, se proposent ; les controverses une fois engagées se poursuivent, sinon sans animation, au moins sans animosité, jusqu'à ce

que, une nouvelle génération survenant, le tout aboutisse à
la victoire de l'un des deux partis ou, par la force des
choses, à un accommodement. Quant aux chefs du mouvement eux-mêmes, si intraitables qu'ils aient pu être ou
paraître au début, quelque surprise ou quelques dis-
sentiments qu'ils aient d'abord provoqués, ils voient peu
à peu, à mesure que les années se succèdent, les résistan-
ces qu'on leur opposait au nom des principes, se réduire
à des objections de détail; les préventions d'autrui tomber en même temps que leurs propres exigences deviennent moins impérieuses ou les excitations de leurs adhérents
moins bruyantes : si bien que, par l'autorité croissante
de leur talent, comme par le fait des habitudes prises
autour d'eux, ils finissent, à un moment donné, par ne
plus rencontrer d'adversaires, et que, sans avoir au fond
rien cédé, ils se trouvent en réalité à peu près d'accord
avec tout le monde.

C'est ainsi que les choses se sont passées, dans ce siècle
même, pour des peintres comme Ingres et Delacroix,
pour des sculpteurs comme David et Barye, pour un musicien comme Berlioz, pour plusieurs encore qui, pendant
un certain nombre d'années, avaient été aux yeux des uns
les apôtres d'une régénération nécessaire, aux yeux des
autres des novateurs téméraires, presque des factieux.
C'est aussi ce qui est arrivé, dans le domaine de l'architecture, pour M. Labrouste, dont le nom, après avoir,
auprès d'une partie du public, paru personnifier l'esprit
d'indépendance outrée, ne rappelle plus aujourd'hui qu'un
talent savant et original, en même temps qu'une vie invariablement studieuse et à tous égards bien remplie.

Votre haute justice, Messieurs, avait devancé sur ce point les jugements présents de l'opinion. Lorsque vous consacriez par vos suffrages les titres que M. Labrouste s'était acquis, au dehors bien des gens les discutaient encore; bien des esprits s'obstinaient à voir dans l'artiste éminent à qui vous ouvriez les portes de l'Académie un ennemi de toutes les traditions, y compris celles que l'Académie représente. Et qui sait? En prenant place au milieu de vous, peut-être votre nouveau confrère lui-même s'étonnait-il un peu, sinon d'occuper cette place si bien méritée, au moins de s'être autrefois tenu à distance de ceux qui maintenant l'y appelaient; peut-être un léger sentiment, je ne dirai pas de repentir, mais de désaveu secret du passé, se mêlait-il à sa gratitude actuelle, s'il se souvenait de ses anciennes défiances, de certaines tentatives même d'opposition presque publiques, auxquelles on répondait en fin de compte par un témoignage éclatant d'estime et d'impartialité.

L'Académie d'ailleurs a de tout temps accoutumé de se venger ainsi. Ceux qui, par un préjugé vulgaire ou sur la foi d'épigrammes surannées, lui reprochent sa prétendue intolérance, devraient bien se rappeler quels nombreux démentis il serait facile d'opposer à cette accusation banale. Le nom de M. Labrouste ne ferait ici que s'ajouter à bien d'autres. Il prouverait une fois de plus que, loin de s'immobiliser dans je ne sais quel système d'exclusions préconçues, l'Académie accueille tous les vrais talents, quelle qu'en soit l'origine, et que, pour savoir où trouver le plus digne, elle regarde plus attentivement aux œuvres mêmes qu'aux circonstances ou aux intentions.

Chez M. Labrouste toutefois les intentions auraient pu
être examinées de près sans compromettre l'estime due à
ses ouvrages, encore moins le respect que commandait sa
vie. Quelques réserves qu'elles eussent autorisées peut-
être, on n'y eût certainement rien démêlé qui ressemblât
aux calculs de la vanité ou qui, sous le prétexte d'une
guerre aux doctrines, impliquât une arrière-pensée d'hos-
tilité contre les personnes. Le propre du caractère de
ce véritable honnête homme était une fermeté sans rai-
deur, une ambition de bien faire sans envie, comme le
fond de ses inclinations d'artiste était l'amour du beau
en lui-même beaucoup plutôt que le besoin de la renommée et du succès. Il y parut bien pendant les longues
années qui s'écoulèrent avant que M. Labrouste eût trouvé
ou plutôt avant qu'il eût vu venir à lui l'occasion d'appliquer pour la première fois à la construction d'un monument les règles qu'il s'était prescrites et la science qu'il
avait amassée. Il était âgé de plus de quarante ans lorsqu'il fut chargé d'édifier la nouvelle bibliothèque de
Sainte-Geneviève. Jusque-là tout à peu près s'était borné
pour lui à quelques travaux en sous-ordre ou à des études
spéculatives, poursuivies d'ailleurs avec la même ardeur
que si elles eussent dû immédiatement avoir une application pratique

L'éclat des débuts de M. Labrouste et la rapidité avec
laquelle il s'était mis en mesure de les faire n'auraient
pourtant pas laissé pressentir qu'il attendrait aussi longtemps une tâche digne de son talent. Lorsqu'il rem-
portait à vingt ans le second grand prix qu'allait suivre
bientôt le premier grand prix de Rome, ou lorsque, pen-

dant son séjour à la villa Médicis, il envoyait des travaux dont les meilleurs juges s'accordaient à louer l'inspiration savante et le caractère imprévu, il semblait que le moment était proche où le jeune architecte se verrait appelé à faire ses preuves autrement que sur le papier. Lui-même, au dire de ceux qui l'ont connu alors, ne s'était pas d'abord défendu de cette illusion; mais lorsqu'il l'eut perdue, et il la perdit vite, il s'accommoda, sans songer à se plaindre de la situation qu'on lui imposait. Se renfermant plus étroitement que jamais dans sa retraite studieuse, il continua de vivre à Paris comme il avait vécu à Rome, tout entier à son art, à ses libres efforts pour en scruter les conditions, dût le résultat ne contenter que les aspirations de son intelligence et laisser des intérêts d'un autre ordre, au moins quant à présent, fort en péril.

Le dévouement au devoir et la constance étaient d'ailleurs des vertus dont M. Labrouste avait dès l'enfance trouvé des exemples bien près de lui et qu'il pratiquait à son tour comme une tradition de famille. Quatrième fils d'un homme qui, après avoir été du Conseil des Cinq-Cents et membre du Tribunat, s'était rigoureusement tenu éloigné des fonctions politiques pour rester fidèle aux souvenirs et aux opinions de sa jeunesse, Pierre-François-Henri Labrouste avait suivi ses trois frères dans ce collège de Sainte-Barbe où l'un d'eux devait, à trente ans d'intervalle, rentrer avec le titre de directeur, et dont un autre, devenu lui aussi un habile architecte, devait à peu près à la même époque renouveler et agrandir les murs. Comme ses aînés, Henri Labrouste prit rang parmi les meilleurs élèves; comme eux il quitta le collège bien préparé aux

épreuves de la vie par une éducation virile, à l'apprentis-
sage d'une profession spéciale par une solide instruction
générale et l'habitude du travail. Admis au sortir de ses
classes dans l'atelier de MM. Vaudoyer et Lebas, il com-
mença en 1819 à suivre les cours de l'École des Beaux-
Arts. Né à Paris le 11 mai 1801, le futur architecte était
alors âgé de dix-huit ans.

Dans cette carrière de l'art qui s'ouvrait devant lui,
Henri Labrouste allait encore marcher à côté d'un des
siens. Le troisième de ses frères, M. Théodore Labrouste,
était depuis deux ans au nombre des élèves de MM. Vaudoyer et Lebas, et le nouveau venu se trouvait ainsi une
fois de plus en communauté d'études avec son condisciple
de Sainte-Barbe. Les exemples de cette fraternité profes-
sionnelle s'ajoutant à la fraternité naturelle ne sont pas
rares dans l'histoire de notre école. Depuis les Mignard et
les Audran au dix-septième siècle jusqu'aux Saint-Aubin à
la fin du dix-huitième, jusqu'à d'autres beaucoup plus rap-
prochés de nous, la liste serait assez longue des artistes ou
des écrivains français qui, sous le même nom, se sont
voués à des travaux du même ordre; mais, entre ces
représentants, si bien doués qu'ils soient, des privilèges
du sang ou des influences domestiques, l'égalité ne saurait de tous points être complète. Il y a nécessairement
des rangs dans chaque groupe, comme il y a dans les
faits qui ont marqué chaque vie un ordre différent.
Henri Labrouste remporta le grand prix trois ans avant
que son frère l'obtint à son tour, et, lorsque l'un des
deux lauréats vint rejoindre l'autre à la villa Médicis,
il ne retrouvait pas seulement en lui un devancier dans la

voie des succès scolaires : il avait affaire maintenant à un
artiste consommé, je dirais presque à un maître, si le mot
pouvait s'appliquer à un homme aussi peu avide de domination, aussi simplement occupé de poursuivre ses études
personnelles et de fortifier sa doctrine.

Était-ce donc que les progrès accomplis par Henri
Labrouste depuis son arrivée à Rome eussent changé au
fond ou même quelque peu modifié les inclinations de son
esprit? Ces progrès n'avaient fait au contraire que confirmer les dispositions naturelles de l'artiste en le met-
tant lui-même mieux en mesure d'en tirer parti et de se
continuer pour ainsi dire. Son talent était de ceux qui ne
procèdent ni des révélations subites ni des occasions, et
qui tiennent à certaines facultés une fois éprouvées, à certains instincts innés de la raison de beaucoup plus près
qu'aux fantaisies de l'imagination ou à l'influence des mi-
lieux : talents mûrs dès l'origine, dont les années, en se
succédant, multiplient les œuvres sans changer les principes et qui se trouvent avoir atteint le but sans qu'on
les y ait vus arriver. L'histoire morale du talent de Henri
Labrouste pourrait se résumer en un seul mot, — la fixité,
— comme le seul mot de sincérité suffirait pour caractéri-
ser tous les actes de sa vie.

Fort peu porté à parler de lui-même et de ses travaux,
invariablement réservé, et presque jusqu'à l'excès, même
dans les relations familières, même dans ses rapports de
chaque jour avec ses plus intimes amis, Labrouste n'en
avait pas moins, en matière d'art, des convictions inébran-
lables et, sous cette circonspection apparente, une hardiesse de sentiment, une indépendance d'opinion qui ne se

laissait pas plus déconcerter par les objections qu'elle susci-
tait, qu'effrayer par les conséquences des démentis qu'elle
opposait aux idées les plus généralement accréditées.
Labrouste, en un mot, aimait bravement le vrai ; il l'aimait sous toutes ses formes et dans toutes ses accep-
tions.

De là ces études d'après l'antique qu'il envoie de Rome
à l'état de portraits strictement fidèles de la réalité, — si
fidèles même qu'ils ne s'arrêtent pas à la ressemblance
extérieure des choses et que, par le caractère qu'ils em-
pruntent de certains éléments intimes, des *appareils* par
exemple, ils nous font connaître et nous expliquent ce
qu'on pourrait appeler l'organisme de chaque construction ; de là ces essais de restauration si peu conformes aux
systèmes et aux procédés ordinaires de l'école à laquelle
avaient appartenu les architectes contemporains de David,
— les restaurations entre autres du *temple de Neptune* à
Pæstum avec sa *cella* couverte, ses tuiles et ses antéfixes
peintes, de la *Basilique* avec le profil inusité de ses antes,
du *temple de Cérès*, lui aussi avec ses ornements polychro-
mes, et telles nouveautés archéologiques du même ordre
dont les uns se scandalisaient comme d'une hérésie, auxquelles les autres applaudissaient comme à une promesse
d'affranchissement. Jamais peut-être un *envoi* d'architecture ne fut aussi passionnément accueilli ; jamais question technique ne souleva, même en dehors du monde
des artistes, des discussions aussi vives et ne préoccupa
autant de gens. Ce n'était pas assez que le directeur lui-
même de l'Académie de France à Rome, Horace Vernet,
crût devoir intervenir dans le débat et qu'il prît la plume

pour confirmer l'authenticité des découvertes faites par le
jeune pensionnaire ; à Paris, des écrivains mêlés jusqu'a-
lors aux luttes des partis plus habituellement qu'aux affaires
de l'art n'hésitaient pas à entrer en lice, sauf à y introduire
avec eux des procédés de résistance ou d'attaque où l'esthé-
tique n'était pas seule intéressée. Peu s'en fallut que, dans
l'ardeur de la polémique, on n'en vînt à attribuer une
importance politique à un simple problème d'érudition, et
que Labrouste ne parût avoir tantôt courageusement défendu, tantôt outragé les lois, parce qu'il avait retrouvé
des traces de peinture sur quelques monuments antiques
et conclu de ce fait particulier à l'emploi général de la
polychromie chez les anciens.

Sans doute, dans la campagne ainsi ouverte, comme
dans la querelle engagée alors entre les classiques et les
romantiques, bien des gens prenaient de la meilleure foi
du monde leurs entraînements pour des convictions.
Nombre de prétendus convertis aux doctrines de Labrouste
ne faisaient mine d'y être gagnés que pour contenter le
besoin, assez instinctif chez nous, d'opposition aux pou-
voirs établis quels qu'ils soient ; mais, à côté de ces partisans de rencontre, Labrouste avait et méritait d'avoir pour
lui ceux qui joignaient une expérience spéciale à l'indépendance raisonnée de l'esprit. Quelques-uns, il est vrai,
un peu déroutés d'abord par la hardiesse des interpréta-
tions proposées, ne les avaient acceptées ensuite qu'avec
une sorte de résignation. D'autres en revanche, et la plupart des membres de l'Académie étaient du nombre,
s'étaient dès les premiers jours prononcés en faveur de la
thèse soutenue par l'auteur de la *Restauration des Temples*

de Pæstum, à ce point que dans le rapport lu en séance publique sur cet ouvrage, l'Académie déclarait « ne pouvoir que féliciter M. Labrouste jeune de ses travaux aussi intéressants pour l'art que pour l'archéologie. »

D'ailleurs, ces travaux envoyés de Rome par Labrouste n'accusaient pas seulement une profonde connaissance de l'art, de l'histoire et des mœurs antiques. Outre un rare talent de dessinateur, ils révélaient une habileté singulière à se passer, dans l'invention, des secours de la fantaisie pour tout subordonner aux exigences expresses ou aux convenances de la construction projetée ; pour trouver dans la combinaison des détails non pas un simple expédient décoratif, mais au contraire un moyen de compléter la signification des formes principales et d'en soutenir, d'en accentuer le rhythme. Le dernier envoi, en particulier, de Labrouste, — le projet d'un *pont monumental servant de frontière à deux pays amis,* — exprimait nettement chez lui la volonté de réhabiliter en architecture le respect scrupuleux de la logique et de rejeter comme une équivoque, sinon comme un contre-sens, tout ce qui ne concourrait pas directement à préciser la destination spéciale, la physionomie nécessaire, l'individualité en quelque sorte d'un monument.

Ce n'était pas ainsi qu'on l'entendait en général dans notre école depuis le commencement du siècle. Sauf Percier, Huyot et quelques autres, les architectes français de cette époque songeaient assez peu à varier leurs compositions suivant les caractères particuliers de chaque sujet, encore moins à subordonner rigoureusement le mode de décoration aux éléments de la construction même. Qu'il s'agit

d'une église, d'un théâtre ou d'un palais public, c'étaient
presque toujours les mêmes procédés d'ordonnance, le
même fronton surmontant les mêmes colonnes, le même
portique renouvelé pour la centième fois du Panthéon
d'Agrippa ou du temple d'Antonin et Faustine; c'était
toujours, sous prétexte de piété classique, mais en réalité
par une manie d'imitation superstitieuse, l'usage à tout
propos et à toutes places des mêmes ornements consa-
crés, rinceaux, rosaces, et le reste. On eût dit qu'au lieu
d'être le résultat d'un calcul de la pensée, ces ornements
ne relevaient que du caprice ou plutôt d'habitudes une fois
prises; qu'au lieu d'exprimer des intentions, ils n'avaient
d'autre objet que de couvrir tant bien que mal des surfa-
ces, qu'en un mot, au lieu d'avoir été engendrés par les
formes auxquelles on les associait, ils s'y étaient trouvés
ajoutés au hasard des occasions et comme superposés après
coup.

Si personnels que fussent le rôle qu'il avait pris et la
tâche qu'il entendait remplir, Labrouste pourtant n'était
pas seul à s'élever ainsi contre les idées toutes faites et les
méthodes de convention. A côté de lui, dans la villa Médicis même, il avait trouvé, ses adversaires d'alors auraient
dit des complices, on dirait aujourd'hui à meilleur droit
des collaborateurs et des collaborateurs excellents. Il est
remarquable que dans l'espace de cinq années, de 1822 à
1826, les grands prix d'architecture aient été coup sur
coup remportés par ceux-là mêmes qui devaient exercer le
plus d'influence sur le mouvement de l'architecture con-
temporaine et frayer la route à cette autre génération d'artistes dont les représentants les plus éminents siègent

aujourd'hui parmi vous. C'était d'abord, en suivant l'ordre des dates, le sage et savant Gilbert, le futur architecte de deux monuments qui dans leur genre sont des modèles achevés de conception judicieuse et d'appropriation exacte, — la *maison des aliénés à Charenton* et la *prison Mazas*. — C'était ensuite Duban qu'il suffit de nommer pour rappeler un des plus beaux talents qui aient jamais honoré notre école; c'étaient enfin, après la venue de Labrouste, M. Duc et Léon Vaudoyer. Noble groupe d'artistes amis, étroitement unis dès leur jeunesse par la communauté des efforts et des espérances, comme ils devaient l'être plus tard par la renommée acquise et par l'éclat à peu près égal des succès! Touchante et généreuse association d'intelligences éprises du beau sinon de la même manière au moins au même degré, et travaillant, chacune suivant ses aptitudes, à le formuler avec une liberté sans divergence, avec une émulation sans jalousie!

Vous les avez tous, et successivement, appelés à vous, Messieurs, ces rivaux inséparables, j'allais dire ces frères par le talent comme par les affections du cœur; et maintenant, hélas! que la plupart d'entre eux nous ont quittés, n'est-ce pas en quelque sorte rapprocher de nous ces absents que de confondre les regrets qu'ils nous laissent avec nos sentiments pour celui qui a été jusqu'à la fin le fidèle compagnon de leurs travaux et de leur vie? N'est-ce pas encore vénérer la mémoire de Duban, de Labrouste, de Vaudoyer, que de prononcer à côté de ces noms le nom également cher, également respecté, de M. Duc, et de saluer un souvenir du passé aussi bien qu'une des forces vives de l'art actuel dans la présence au milieu de nous du maître à qui l'on doit le Palais de Justice de Paris?

Cependant, pour Labrouste, comme pour ses amis, le moment était venu de quitter Rome et d'aller continuer sur place la lutte qu'il avait commencé de soutenir à distance. Certes, il revenait ici bien armé. Aussi solidement renseigné sur l'art des Étrusques ou sur l'art de la Grande Grèce et de la Sicile que sur l'architecture romaine au temps des empereurs, il rapportait, outre une énorme quantité de dessins et de notes, un fonds d'observations théoriques assez sûres pour comporter d'avance la solution de chaque question d'ensemble ou de détail, assez larges pour permettre au sentiment de garder ses franchises, même dans la soumission aux exemples de l'art antique et dans la sévère application de ses lois.

Malheureusement, nous l'avons dit, l'occasion pour Labrouste de mettre toute cette science en pratique ne devait se présenter que beaucoup plus tard. Pendant plus de douze années, à peine se vit-il appelé à fournir des plans, — et encore des plans partiels — pour quelques décorations éphémères, pour celles par exemple qui devaient s'élever sur nos places publiques aux jours anniversaires de la révolution de Juillet ou un peu plus tard, lors de la translation à Paris des cendres de l'empereur Napoléon ; à peine quelque concours auquel il avait pris part lui procurait-il soit une distinction purement honorifique, comme la médaille dont on récompensa son beau dessin pour le *Tombeau de Napoléon*, aux Invalides, — soit des prix qui ne conféraient pas au lauréat le droit de diriger lui-même les travaux qu'on allait entreprendre, comme ces deux prix obtenus par lui pour les projets, mis ensuite à exécution par d'autres, d'un *hospice d'aliénés*, à Lausanne, et d'une *prison centrale*, à Alexandrie. De 1830 à 1843, Labrouste n'a guère à paraître sur un chantier de construction que pour y remplir les modestes fonctions d'inspecteur. Sauf deux tombeaux érigés en 1837, il n'édifie rien en son propre nom, et c'est presque uniquement aux mérites dont il fait preuve comme professeur qu'il doit pendant ce laps de temps son importance et son crédit.

Il faut bien le reconnaître pourtant, si l'action de Labrouste sur ses élèves et, en général, sur la jeune école d'architecture a été heureuse en ce sens qu'elle a dans la pratique de l'art rétabli les droits et élargi la part de la raison, elle a eu aussi ce résultat d'amener parfois chez les artistes l'abus du raisonnement. A force d'attacher une arrière-pensée aux moindres combinaisons de lignes et de prétendre condenser le sens de toutes choses, on en est venu à faire parler à la pierre un langage à peu près énigmatique; ou bien, en voulant trop systématiquement réduire les formes architectoniques au strict nécessaire, on n'a exprimé, au lieu de la correction, que la sécheresse, au lieu d'intentions simples que le pédantisme de la simplicité. A qui la faute après tout, sinon à ceux-là mêmes qui se méprenaient ainsi? Pas plus que Ingres dont quelques élèves ont pu par excès de zèle appliquer à faux ou exagérer la doctrine, pas plus que d'autres maîtres de notre temps ou des temps passés, Labrouste ne saurait être rendu responsable des maladresses ou des fautes commises par d'impuissants imitateurs; et d'ailleurs assez d'hommes de talent sont sortis de son école pour démontrer l'efficacité de ses leçons quand elles s'adressaient à des esprits de force en réalité à les comprendre, ou, au besoin, à les interpréter. Pour reconnaître ce que l'enseignement de Labrouste avait en soi de libéral et ce qu'il pouvait avoir de fécond même dans un ordre de travaux tout différents des travaux du maître, il suffirait de se rappeler les noms des architectes qui, dans notre pays, se sont voués les premiers à l'étude ou à la restauration des monuments du moyen âge, — M. Lassus, M. Boeswilwald, et plusieurs autres. Ces artistes *mediévistes* ont été les élèves de Labrouste; et de même que les principaux entre les peintres romantiques avaient reçu les leçons du classique Guérin, les architectes qui devaient si savamment restaurer la Sainte-Chapelle à Paris et tant de beaux édifices religieux en province, s'étaient formés auprès d'un homme prédestiné en apparence par ses travaux et ses goûts personnels à ne leur transmettre que les exemples de l'art antique et les traditions du génie païen.

Jusqu'aux dernières années du règne du roi Louis-Philippe, Labrouste n'avait donc encore produit aucune œuvre d'architecture proprement dite; et cependant il n'en était pas moins dès cette époque un des architectes les plus en vue, celui même qui, aux yeux de tout le monde, personnifiait le plus ouvertement l'esprit nouveau. Ajoutons que certains écrits polémiques d'un ton assez vif insérés par l'artiste dans la *Revue de l'Architecture* ou dans le *Journal des Débats*, n'avaient pas peu contribué à stimuler le zèle de ses partisans en même temps qu'ils paraissaient fournir un grief de plus à ses adversaires. Aussi, des deux côtés

et dans des dispositions toutes contraires, attendait-on
avec une égale impatience le moment où l'on pourrait
enfin prendre pour thème de la discussion, non plus des
questions théoriques, mais un résultat matériel et visible,
non plus des opinions, mais une œuvre.

Ce moment vint en 185o, lorsque, sept ans après la pose
de la première pierre, la nouvelle Bibliothèque de Sainte-
Geneviève fut terminée, et, bien entendu, ni d'un côté ni
de l'autre, la passion ne fit faute dans les jugements por-
tés. L'emploi jusqu'alors inusité du fer auquel l'architecte
n'avait pas craint de recourir pour construire et pour couvrir les parties intérieures du monument: la sévère mono-
tonie de ces murs extérieurs dont les lignes ne font
que répéter un motif unique, et qui, pour toute pa-
rure accessoire, ne portent que des inscriptions; cette
sobriété expressive qui caractérise l'aspect de l'édifice et
en signale à première vue la destination, — tout cela,
on s'en souvient, fut à l'origine aussi résolûment vanté
par les uns comme la marque d'un progrès décisif que
réprouvé par les autres comme un témoignage de témé-
rité. Le temps est heureusement bien passé de ces partis
pris et de ces querelles. Le noble monument élevé par
Labrouste n'a besoin aujourd'hui d'être défendu ni contre
l'enthousiasme compromettant des fanatiques, ni contre
les injustices des détracteurs. Il a cessé de servir de prétexte aux exagérations pour paraître à chacun ce qu'il est
en réalité : l'œuvre d'un esprit aussi ferme que délié, d'un
talent qui joint au mérite de parler franc celui de choisir
délicatement ses termes.

Labrouste venait à peine d'achever la Bibliothèque de

Sainte-Geneviève qu'il était appelé à entreprendre une
autre tâche du même genre, mais d'une importance et à
bien des égards d'une difficulté plus grandes, la réédifi-
cation de notre Bibliothèque Nationale. Toutefois on ne
lui demandait encore que de remettre en état une partie
des anciens bâtiments, celle qu'avait construite François
Mansart et qui avait été le palais Mazarin : on voulait
attendre pour jeter bas le reste que l'architecte eût mené
à fin ce travail préalable de restauration. Or, la vénération
de Labrouste pour les monuments du passé n'était pas,
tant s'en faut, si accommodante qu'elle s'étendît à tous
indistinctement. Très-peu traitable au contraire sur le
chapitre des considérations purement historiques, très-peu
sensible à ce genre d'intérêt que comportent, en dehors
de la beauté ou de la convenance absolue des formes, les
souvenirs plus ou moins curieux d'une époque, il n'ad-
mettait dans ce qui avait survécu des autres âges que ce
dont il croyait pouvoir en toute sûreté de conscience tirer
un enseignement. S'il professait à ce titre le culte de l'art
antique, il avait en général pour l'art des temps modernes,
pour l'architecture du dix-septième siècle en particulier,
une indifférence, sinon un éloignement d'ancienne date
qui semblait le prédisposer assez mal à la besogne qu'il
allait entreprendre.

Duban, avec son goût et sa science si souples, eût été tout
autrement préparé à un pareil travail et il l'eût sans doute
accepté de bon cœur : Labrouste n'y vit d'abord qu'une
concession à faire pour acquérir le droit d'agir ensuite pour
son propre compte. Il n'en prit cependant ni moins bravement ni, à en juger par les résultats, moins heureusement

son parti. Lui qui jusqu'alors avait si soigneusement évité
les occasions d'exposer sa foi à la contagion de ce qu'il
jugeait un mauvais exemple, lui qui pendant bien des
années s'était refusé même à visiter le palais de Versailles,
de peur d'entrer, ne fût-ce que par le regard, en compli-
cité avec les architectes du dix-septième siècle, il se résigna à devenir le continuateur de l'un d'eux; si bien que,
lorsque l'édifice bâti par François Mansart reparut, à
deux cents ans d'intervalle, débarrassé des constructions
parasites qui le cachaient depuis si longtemps et comme
paré d'une jeunesse nouvelle, on eût dit que l'architecte
moderne avait écouté d'aussi près les conseils de sa dévotion archéologique que les inspirations mêmes de son
talent.

Pourquoi faut-il que, plus tard, d'autres parties de la
Bibliothèque ne lui aient pas imposé le même respect ou,
tout au moins, la même abnégation? Pourquoi par exemple
le moyen n'a-t-il pas été trouvé, ni peut-être cherché, de
conserver les murs à la fois vénérables et charmants de
l'ancien Cabinet des Médailles, de ce monument par excellence de l'art et du goût français au dix-huitième siècle,
consacré d'ailleurs par les souvenirs qu'y avaient laissés
Barthélemy, Caylus, et tant d'autres érudits illustres?
Qu'il nous soit permis d'exprimer en passant ce regret. Il
ne diminue en rien la justice due à l'œuvre personnelle de
Labrouste; mais pour qui a vu le Cabinet des Médailles
tel que Robert de Cotte l'avait disposé et orné, pour qui se
rappelle ce qu'était, il y a vingt ans encore, l'ensemble de
ces boiseries sculptées, de ces peintures, de toutes ces
décorations maintenant détruites ou dispersées, le sacri-

fice si résolûment accompli ne laissera pas de paraître un
peu trop héroïque, quelque légitime au point de vue de
l'unité que l'ait jugé celui qui s'y décidait.

L'unité : telle était aux yeux de Labrouste, non-seule-
ment dans le cas présent, mais en toute occasion, la loi
essentielle, la condition fondamentale d'une composition
architectonique. Ce qu'il recommandait à ses élèves, ce
qu'il exigeait de lui-même avec une volonté inflexible, c'est
que l'accord fût complet entre l'ordonnance générale d'un
édifice et les formes de détail; entre la structure secrète,
les organes de cet être de pierre et les signes extérieurs
qui en sont comme l'enveloppe ou l'épiderme. « Un édifice,
disait-il, doit être et paraître bien portant. » Dans l'aspect
qu'elle présente comme dans sa constitution intime, la
nouvelle Bibliothèque a ce caractère de santé. Qu'on en
examine les dehors ou, au dedans, les parties diverses;
qu'on s'arrête devant cette façade dont les lignes à la fois
riches et fermes annoncent et semblent résumer d'avance
celles qui vont se développant le long du monument tout
entier, ou que l'on pénètre dans cette grande *salle de travail* si bien appropriée à sa destination et, en même
temps, si heureusement inventée, — on ne surprendra
nulle part la trace d'une indécision, encore moins d'une
infidélité aux intentions d'ensemble une fois conçues, à la
méthode une fois adoptée.

Ici, comme à la Bibliothèque de Sainte-Geneviève, l'architecte use largement des ressources matérielles que la
science moderne a mises à sa disposition. Il les utilise sans
déguisement, sans ruse d'aucune sorte, laissant au fer son
apparence propre là même où il remplace les solives, à des

plaques de faïence arrondies en voûte l'aspect mince et
léger d'un simple revêtement. Tout, sauf peut-être l'ornementation du grand vestibule ou celle de la rotonde
du nouveau Cabinet des Médailles, tout porte l'empreinte
d'un art en garde contre l'exagération aussi bien que
contre la banalité des formules. Éloquent par sa netteté
même, cet art est d'autant plus persuasif qu'il affecte moins
de s'imposer, et que, jusque dans la hardiesse des expres-
sions, il garde un caractère imperturbable de sérénité et
de mesure.

Ce sont là des mérites qui frappent les regards de qui-
conque visite les salles publiques de la Bibliothèque; mais
combien d'autres parties réservées au service de ce magni-
fique établissement confirmeraient l'impression reçue en
face du monument lui-même ou au seuil de quelques
galeries intérieures! Il faut avoir pénétré dans les immen-
ses salles de dépôt où sont rangés sur environ vingt-cinq
kilomètres de rayons ici plus de deux millions de livres
imprimés, là quatre-vingt-dix mille recueils manuscrits et
plus de cent soixante mille médailles ou objets d'art et
d'archéologie, là enfin des volumes ou des portefeuilles
contenant les uns près de trois millions d'estampes, les
autres trois cent mille cartes géographiques; il faut avoir
vu comment sur un terrain relativement restreint la place
et la lumière ont pu être données à cette masse énorme
de richesses pour apprécier à sa valeur l'ingénieuse sagesse des combinaisons matérielles, comme on aura pu admirer à d'autres places l'élévation ou la finesse du goût. Et
si l'on se rappelle que la Bibliothèque a été d'un bout à l'autre reconstruite sans que rien de ce qu'elle contenait fût

un seul instant déposé au dehors; si l'on songe que Labrouste ne pouvait élever un corps de bâtiment nouveau
qu'à la condition d'avoir provisoirement logé ailleurs tous
les volumes que l'ancien bâtiment renfermait et d'avoir fait
en sorte de maintenir à la disposition du public chaque
collection ainsi déplacée, — l'estime pour l'œuvre même
s'accroît en proportion des difficultés qui en ont compli-
qué l'exécution.

Il n'a malheureusement pas été donné à Labrouste de
voir la vaste entreprise qui lui avait coûté déjà vingt ans
de travail recevoir son entier accomplissement. Bien qu'il
ait eu le temps de remplacer presque partout les anciens
bâtiments par des constructions nouvelles, il lui restait
encore à exécuter les projets qu'il avait conçus pour isoler
la Bibliothèque et pour la compléter au moyen d'agrandis-
sements devenus aujourd'hui plus nécessaires que jamais.
La mort l'arrêta avant qu'il eût abordé cette dernière partie de sa tâche. Elle ne fut pas pour lui l'abandon
conscient de la vie, le coup pressenti et quelquefois désiré
qui met fin à de longues souffrances; elle le frappa sans
qu'il eût pu même la voir venir. Le 24 juin 1875,
Labrouste tomba comme foudroyé au milieu de ses occu-
pations habituelles, presque le crayon à la main et, —
rapprochement touchant! — peu d'instants après celui où
il achevait de rédiger pour un des concours de l'École un
programme sur ce sujet : *un tombeau à élever à la mémoire
d'un artiste*. Ce fut là son dernier travail, mais ce n'était pas
la première fois que sa pensée s'arrêtait sur un pareil
sujet. Il y avait depuis longtemps songé pour lui-même et
il avait prescrit que sa propre sépulture, simple d'ailleurs

et austère comme lui, fût, quand le moment serait venu, construite sur les dessins d'un fils et d'une fille qu'il avait l'un et l'autre initiés à l'étude de l'art et quelquefois associés à ses travaux.

Le vœu de Labrouste a été réalisé par les mains pieuses auxquelles il avait confié le soin d'abriter ses restes. Le tombeau où il repose dans le cimetière de Fontainebleau est l'œuvre de ses deux enfants. Quant aux œuvres qui nous parlent de lui sans porter comme ici son nom inscrit sur la pierre, elles préserveront trop bien de l'oubli, elles recommandent trop publiquement sa mémoire pour qu'il soit nécessaire d'insister sur l'estime où il faut les tenir. L'architecte à qui l'on doit, outre les deux grands monuments que nous venons de mentionner, tant d'enseignements utiles et de nobles exemples, tant de travaux dont l'art et les artistes continueront de tirer profit, un tel homme n'a pas besoin pour obtenir pleine justice qu'on énumère un à un tous ses titres. Un de vous d'ailleurs, Messieurs, l'a dit avec l'autorité du talent personnel et la loyauté d'un cœur supérieur aux préoccupations mesquines de l'amour-propre (1) : « Lorsqu'on se reporte au temps où s'est produit le mouvement » dont Labrouste a été un des principaux instigateurs, « on ne saurait trop admirer ces hommes qui, sans bruit, sans secousse, forts de leurs études et de leurs convictions, ont modifié si profondément une architecture appauvrie et ont ouvert la voie où nous sommes fiers de les suivre. » Un autre (2), en

(1) M. Charles Garnier, *A travers les arts*, p. 53.
(2) M. Bailly.

venant prendre à l'Académie la place qu'y avait occupée
Labrouste, constatait avec la même gratitude les services
rendus par son éminent prédécesseur. « Devant une exis-
tence aussi parfaitement remplie, disait-il, on est saisi d'un
profond respect. »

Je n'ajouterai rien à ces paroles. Elles résument une vie
qui, depuis le point de départ, jusqu'au terme, a eu l'inflexible continuité d'une ligne droite; elles caractérisent
un talent dont l'importance ressort des efforts qu'il a sus-
cités, des progrès qu'il a préparés autant que des œuvres
mêmes qu'il a directement produites. S'élever et élever les
autres du vrai et du certain jusqu'à l'idéal ; rajeunir, à une
époque d'extrême civilisation comme la nôtre, l'art par la
bonne foi et le beau traditionnel par l'application sévère-
ment raisonnée des moyens; chercher enfin et trouver
l'originalité dans la sagesse, l'élégance du style dans la
clarté même de la pensée, — voilà ce que Labrouste a
voulu ; voilà ce qu'il a su faire avec une décision et une
hardiesse qu'on a pu prendre autrefois pour les entraînements de la passion révolutionnaire, mais qui n'étaient
en réalité que les inspirations d'une conscience intrépide
et la probité d'un esprit convaincu.

Paris. — Typ. Firmin-Didot et Cⁱᵉ, imp. de l'Institut, rue Jacob, 56. 7369

LA FILLE DE JEPHTÉ

(SCÈNE LYRIQUE)

PAR M. ÉDOUARD GUINAND

PERSONNAGES.

Séila, fille de Jephté.
Jephté, juge des Hébreux.
Jaïr, fils d'un juge précédent et fiancé de Séila.

Une vallée ombreuse aux portes de Galaad. — Le soleil va disparaître derrière les collines environnantes.

Séila, qui a devancé ses compagnes, regarde vers l'horizon.

Ah! que le jour est lent à mon cœur oppressé!...

Là-bas, derrière la colline,
S'accomplit d'Israël la gloire ou la ruine...
    O mon père! ô mon fiancé!
    Êtres chéris!... en cet instant suprême
Dieu vous fait-il vainqueurs?... êtes-vous vivants même?

Ah! que le jour est lent à mon cœur oppressé!...

(Levant les mains au ciel.)

AIR.

Seigneur, ta main souveraine
Tient suspendus sur leur front
La flèche encore incertaine,
Le glaive, à frapper trop prompt...

Toi qui lis dans ma pensée,
Prends en pitié mon effroi...
La fille et la fiancée
Sont à genoux devant toi!

Épargne leur tête aimée,
Épargne tout mon bonheur...
Et mon âme ranimée
Bénira ton bras sauveur.
Si ma voix est exaucée,
Seigneur! dispose de moi...
La fille et la fiancée
Sont à genoux devant toi!

(Écoutant.)

Mais... ces bruits éloignés... cette clameur qui monte!...
Non! c'est le sang qui bat ma tempe et m'étourdit...
    A l'espérance l'âme est prompte!...

(Écoutant encore.)

Plus de doute, pourtant, c'est eux !... Tout me le dit !...

(On entend des chants guerriers.)

C'est bien l'hymne guerrière
Qu'ils chantaient au départ pour enflammer leurs cœurs,
Et que leur bouche fière
Devait dire au retour... s'ils revenaient vainqueurs !

(Haletante.)

C'est la délivrance
Et c'est le repos :
C'est la récompense
Des rudes travaux.
Un long cri devance
Ces nobles héros :
Un chant d'espérance
Frappe les échos...

(Pensive.)

Seigneur ! mon angoisse est extrême !
Combien ne viendront pas, hélas ! de ceux qu'on aime !
. . . .
. . . .

(Elle laisse couler ses larmes.)

(Apercevant un guerrier qui accourt.)

Un guerrier !

(Essuyant ses yeux.)

Je ne vois que mes pleurs... Le voilà
Qui retourne la tête...

(Reconnaissant Jaïr.)

Ah ! c'est lui !

(Elle chancelle).

JAÏR, la soutenant.

Séila !
Oui, c'est moi, ma bien-aimée !
J'accours calmer ta terreur.

SÉILA revenant à elle.

Ma raison s'est abîmée
Sous l'excès de mon bonheur.

AIR.

JAÏR.

Loin de toi, ma fiancée,
Trop longtemps j'ai dû souffrir...
Jamais, du moins, ta pensée
N'a quitté mon souvenir.
C'est elle, c'est ton image
Qui soutenait mon ardeur.
C'est toi qui fus mon courage,
C'est toi qui fus ma valeur...

A tous les coups insensible,
Je bravais la mort sans peur...
Par toi j'étais invincible,
Par toi je reviens vainqueur !

DUO.

SÉILA.

Ah ! que ta voix doucement me pénètre !
Tu me diras tes exploits ?...

JAÏR.

Oui, plus tard.

SÉILA.

Et tes dangers dont frémit tout mon être !...

JAÏR tendrement.

Ils sont déjà payés par ton regard !

Ensemble.

Nos cœurs pleins d'ivresse
N'ont plus de passé...
De nous éprouver le ciel s'est lassé.
Qu'un jour d'allégresse
A vite effacé
Les jours de tristesse !

SÉILA.

Nous ne nous quitterons jamais ?

JAÏR.

Devant Dieu qui bénit mes armes
Je veux te payer de tes larmes ;
Pour toi je vivrai désormais.

Reprise de l'ensemble.

Nos cœurs pleins d'ivresse
N'ont plus de passé...
De nous éprouver le ciel s'est lassé.
Qu'un jour d'allégresse
A vite effacé
Les jours de tristesse!

La troupe que précédait Jaïr se rapproche. — Les chants deviennent plus distincts. Les jeunes Israélites ont rejoint Séïla.)

JAÏR.

Voici mes compagnons, que j'avais devancés:
Ils attendent Jephté, ton père,
Pour entrer dans la ville à ses côtés placés.
Je les rejoins... Au chef il faut sa troupe entière.
Demeure ici...

SÉÏLA.

Non! non! car je veux que ses yeux
Dans leur éclat fier et joyeux
Se portent sur moi la première.

A ses compagnes.

AIR.

Prenez vos tambourins,
O mes jeunes compagnes!
Que leurs sons argentins
A travers les campagnes
Jettent nos gais refrains
Jusqu'au fond des montagnes.

Les jeunes filles saisissent leurs instruments, et des airs de danse retentissent. — Séïla marche à leur tête, guidée par Jaïr. — Ils sortent.)

Le bruit des tambourins cesse peu à peu. — Jephté, qui a quitté sa troupe, apparaît seul, inquiet et hésitant. — Il regarde de tous côtés.)

JEPHTÉ.

Personne?... Le silence est bien doux!... Je frémis
Au moindre bruit, comme une femme.

(Tristement.)

Devant ces murs amis,
D'un vague effroi je sens trembler mon âme.
Je n'ose plus, sur un sol qui m'est cher,
Porter mes pas ni répondre à leur joie...
Car le premier qui vers moi va marcher,
Sans le connaître à la mort je l'envoie.

AIR.

Seigneur, il est bien lourd
Le poids de ma victoire!
Ce serment sans retour
Accable ma mémoire:
Il m'assombrit le jour,
Il m'obscurcit la gloire....
Seigneur, il est bien lourd
Le poids de ma victoire!

(On entend de nouveau, mêlé aux chants guerriers, le son des tambourins qui se rapprochent. — Jephté les écoute avec angoisse.)

Ces chants!... Voici l'instant fatal...
J'entends la foule qui se presse...
Que ces cris d'allégresse
A mon cœur font de mal!
Comment échapper?..

(Au détour du chemin, apparaît Séïla, à la tête de ses compagnes. Jaïr les suit.)

SCÈNE ET TRIO.

SÉÏLA courant à Jephté.

Ah! Je suis donc la première!...

JEPHTÉ détournant la tête.

Sort cruel! mon enfant!

(Il veut la repousser.)

Non! non! sur ma paupière
Un voile épais s'est abattu!

SÉÏLA entourant de ses bras le cou de son père.

Ta fille!... Séïla!... Dis, la reconnais-tu?...

JEPHTÉ arrachant ses vêtements avec désespoir.

Pourquoi ne suis-je pas couché dans la poussière?...

(Avec révolte.)

Mais non! Je n'obéirai pas
A ce vœu; car il est impie!
Je ne puis causer le trépas
De ma fille unique et chérie!

(Il la presse sur son cœur.)

JAÏR à part.

Je me souviens!... Ce vœu qui fut fait au moment
De la mêlée.... Ah! Ce serait un crime.

SÉÏLA à part.

Je comprends tout à coup ce terrible serment....
Quoi! j'en serais l'innocente victime?...

JEPHTÉ.

Jamais, non! jamais mon bras paternel
N'aura désigné son front au supplice.
Pour prix du triomphe en vain l'Éternel
Voudrait m'imposer un tel sacrifice :
Ce vœu dans mon cœur n'aura point d'écho,
Car je suis son père et non son bourreau.

JAÏR.

Jamais, non! jamais un sort si cruel
N'aura désigné son front au supplice.
Pour prix du triomphe en vain l'Éternel
Veut nous imposer un tel sacrifice...
Qui donc oserait ?... Malheur au bourreau!
Mon glaive à demi sort de mon fourreau.

SÉILA.

Jamais, non! jamais un sort plus cruel
N'aura préparé plus affreux supplice.
Je dois expier ce vœu solennel :
Il faut que bientôt ma mort l'accomplisse.
J'ai moi-même, hélas! creusé mon tombeau;
Mon père, par moi, devient mon bourreau!

JAÏR à Jephté.

Ne craignez rien!.. Personne à ce vœu sanguinaire
Ne viendra, devant moi, vous sommer d'obéir.
J'en jure par mon glaive!

JEPHTÉ.

Oui, je veux m'y soustraire!

JAÏR.

Ne craignez rien!.. Qui donc prétendrait?...

SÉILA décidément.

Moi. Jaïr!...

JAÏR.

Comment?... Vous?... Mais alors?...

(à part.)

Ah! ma raison s'affole...
Mon esprit s'emplit de terreur...

SÉILA à Jephté

Qui jure devant Dieu doit garder sa parole,
Et la vie est moins que l'honneur!
Adieu : je vais dans nos montagnes.
De nos jeux jadis le séjour,
Pleurer auprès de mes compagnes
Sur ma jeunesse et mon amour...
Et, quand l'heure sera venue,
J'offrirai ma vie à l'autel,
Heureuse de l'avoir perdue
Pour le triomphe d'Israël!

(Douloureusement.)

Adieu, mon père! Adieu, Jaïr!...

JAÏR.

Du moins la tombe
Nous unira!...

(Il se frappe de son épée.)

SÉILA courant à lui.

Jaïr!...

JAÏR faisant quelques pas vers elle.

Ah! qu'à tes pieds je tombe!

JAÏR.

Non! mon sort n'est pas cruel,
Puisque bientôt la mort même
Me rendra celle que j'aime
Dans un hymen éternel!

SÉILA.

Non! mon sort n'est plus cruel,
Puisque bientôt la mort même
Me rendra celui que j'aime
Dans un hymen éternel!

JEPHTÉ.

Ah! mon sort est trop cruel,
Puisqu'aujourd'hui c'est moi-même
Qui sur ces enfants que j'aime
Fais tomber le coup mortel!

Jaïr expire aux pieds de sa fiancée. — Les jeunes Israélites soutiennent Séila qu'elles entraînent vers la montagne. — Leurs instruments rendent de plaintifs accords qui se mêlent aux sons funèbres des trompettes guerrières des compagnons de Jaïr.

Paris. — Typographie Firmin-Didot et Cie, imprimeurs de l'Institut, rue Jacob. 56. — 7195.

www.ingramcontent.com/pod-product-compliance
Lightning Source LLC
LaVergne TN
LVHW022333170726
843503LV00006B/2864